句集

橋

bridge

中原道夫

nakahara michio

書肆アルス

目次

装訂　閒村俊一

カバー・扉
ヴィルヘルム・ハマスホイ
「三隻の船、クレスチャンスハウン運河の眺め」

Three Ships, Christianshavn Canal
Vilhelm Hammershøi, 1905 Oil on canvas

句集

橋

bridge

二〇一五年（平成二十七年）

城崎はここにて岐れ秋の暮

彼方とは流るる星の着けぬ先

手つかずを訝る菊の膾かな

冬景色煙一本立てたくも

猪肉の塊に豔血を呼べる

ふたみこと炭繼ぐ火箸持ちてより

はんざきに冬の時間ののしかかる

白鳥は湯あみのごとく瞰《ひ》の中に

贅刺に雪花とびつく朝かな

雪薄く降り積む中州顧みる

市松に障子を貼れるところ延《ば》へ

世を救ふ救世軍の鍋の冷

除夜詣星と歸つて篤と寢よ

一年のこれが白息納めかな

二〇一六年（平成二十八年）

嫁が君乾酪の穴進ぜよう

しわくちゃな寶船なり手熨斗せる

そのかみの空の深さに凧溺る

硯かるる水餅の水濁らねば

引きしまる思ひ寒鯉見るにつけ

さえざえと誰も見に來ぬ畔の梅

寒泳の陸《くが》を大きく離れ得ず

鯛焼の二尾は濕れる關係に

紙に着く鼻の膩や鴨屋出て

獵犬の伏せをいつまで守り得る

葱の畝抜かれて斯くも脆きこと

水仙の向き直しゐる執拗に

朱欒《ザンボア》の中なる眞闇轉がせり
肅然と冬空の端に佇ちゐたる
刀自の足残る炬燵と思ひ入る

鯛焼にちと目出度さの足りぬなり

鬼でさへ出てゆく豆も撒かざるに

湯奴の湯あがりどきを失しけり

休めざる雪の泉を不憫とも

革手套あまねく十指行き止まり

いづこへと寒は立ち去るすごすごと

舊正に舊惡のことむしかへす

春待つは股《こ》肱《こう》の臣を俟つごとし

湯船なら海圖は要らぬ春の月

蟄居生にも春光の訪ね來し

遠のくと遠くのあはひ春の航

流氷のここ遺失物預り所

死神の嫌ひな春と呱呱の聲

金彩の厚み波うつ涅槃繪圖

「東京やなぎ句會」二月席題　猫の戀・雛市・寒明・蜆汁

マチネーに一枚残る猫の戀

雛市に連れ立つ蚕の老夫婦

寒明の池に沈みし竹箒

蜆汁ことばを濁す昨夜のこと

檜《ひ》皮《は》葺《だ》より湯氣立ちあがる萬作黄

だらだらと降りてゆく坂春に會ふ

神野紗希さん男子誕生二月五日　弐句

産聲は木の芽にもあり空に充つ

あたたかくなればあかからみどりごに
耳遠きさきはひもあり耳の日に
葱坊主背伸は人の常なれど

春日傘思慕とは少し距離おいて

はなぐもり吾妻言問鼻の先

淺草に落花はりつく傘忘る

白菜も薹立つあはれ藏したる

落椿越度があつたとも聞かぬ

生きてゐる化石と嘲ふ萬愚節

些事大事土筆の袴取ることも

あはあはと一枚げんげ田の飛地

ふたみこと目には婚期ぞ鬱金香《チューリップ》

サスペンダー肩すべり落つ三鬼の忌

蝶二頭掻きまぜてゐる寓話かな

三月廿一日四代目江戸家猫八急逝（六拾六歳）

金輪際贋うぐひすの鳴きはせぬ

種池や空は夕方早じまひ

養蜂のまにまに拾ふ花詞

轍いつしか嫩草の立ちあがる

わかさぎの骨の障るも味として

据ゑ措きの時給つばめは泥運ぶ

夏毛抜けはじめたるノエルとふ猫

オルゴール鳴つて止まりぬ夜の新樹

竹ノ塚、一茶ゆかりの「炎天寺」NHKロケ　住職吉野秀彦氏

得度から幾年汗つたふ背《そびら》

列なさば玉苗の名で呼ばれけり

返り點打つて孑孓水底へ

冥界を振り向くでない烏蝶

「東京やなぎ句會」ゲスト下重暁子　五月席題　泉・豆飯・桐の花・祭

手に掬ふこともどかしき泉かな

滾々と鳴らねば濟まぬ泉かな

ははそはの母の豆飯色の濃き

道筋は谿筋に添ふ桐の花

猫の耳薄く尖れる祭の夜

岡山・近水園　参句

羊蹄《ぎしぎし》の穂や醜草に紛れ得ず

内田一正氏

陣屋守掃きて夏影寄せにけり

借景も遠州好み若葉騒

セロファンに母の日包んだまま枯れぬ

干潟より人引きあげる迅さかな

捨鉢に咲けどどくだみ意を盡す

蜻蛉生れ豫後の身かばふ如くなり

滅相もない蛇入りし藪刈るは

網戸にて閲する聲のありにけり

鐵亞鈴汗の重さを差し引かば

然もあはれなるこの顔晝寝覺

孑孑の奈邊を二枚腰といふ

西村さん夫妻へ
バイカルの深淵辿りゆく蝸牛

ひきがへる器量不器量はかる術

六丁目こと永六輔　七月七日逝く　四句

七圓のころの願ひの絲結ぶ

梶の葉や咳こゑのどをいつまでも

パーキンソン病と判明ののち六丁目からしばし改名

パーキンソン六世の名告り涼やかに

中村八大、坂本九、そして

見上げたる空の三ッ星梅雨晴間

うぶすなの片蔭を出る逐はるかに

虎刈も休暇明けまで保《も》つまいて

羅や葭両切ゆびの間ヒ

澤蟹の水一枚に隠れ得ず

谷崎忌髑髏の骨切る音聴かな

六《ろく》彌《や》太《た》も水澄む朝《あした》早寝せな

六彌太＝豆腐のこと

遊ぶとは何するでなき秋一《ト》日

京都・祇園・先代の永樂善五郎氏はゲルベ・ゾルテを

貸し借りの煙草切らせり雁渡し

家苞を解くももどかし月の客

芋蟲は纏足の足竝べたる

風草《みちしば》は道の眞中をつかひたる

「東京やなぎ句會」九月席題　新藁・菊枕・爽やか・山粧ふ・芋蟲

新藁とは無縁長者などまして

膝まくらすげなし菊枕やはし

爽やかに頭をさげて許し乞ふ

山粧ふ一夜下山の迅さもて

芋蟲に枝を與へて瓶に插す

蒼氓は芒隱れに行くがよい

柚子坊のまだまだといふうちに見ぬ

種取りし後あさがほの處遇かな

捨て身には覺悟が要るぞ露の玉

蜩の誄歌に脰《うなじ》つかまれし

おぞよにと豆に川蝦木ノ葉髪

おぞよ＝おばんざいの古き呼び方

きのこ汁みだらに大きものよそふ

四國・西條だんじり祭―新居濱太鼓祭

蟲絕えて屋臺地割の始まりぬ

雨意焦らすまつり太鼓も秋のもの

拗ね者に秋の日當たるまつりかな

河渡御に釣瓶落しを待たせをり

極道に顔の類型秋暑し

新潟市佐藤家庄屋句碑十月年／十月廿三日　弍句

出來秋の名殘かめむし追はずおく

むべの實に雨滴をはじく膩あり

月光は寂し地上に屆かぬもあり

すみずみを掃きて落葉を招致せる

かぶらむし蓋を取らぬは辞退の意

たたなづく筑紫山垣ふゆかすみ

九州・太宰府

七《し》五三《め》祝片雲離れ難く離れ

九冬の孟冬の歩の迅きこと

つはぶきの明《あか》くふるまふ疲れあり

刈田より雪に親しくなつてゆく

年越のための蓮根泥化粧

飛びながら死す鳥あらむ極月を

咳ぐすりむせてかの世を垣間見き

掛かりゐて朝待ちがての鼬罠
中継の鐘と生《マ》の除夜の鐘と
巡る血の去年の最終便か今

二〇一七年（平成二十九年）

自撮棒破魔弓せめぎあふ騒《ぞめき》

破魔弓に星を指揮して歸るなり

ゆづりはや一子相傳豚兒では

まだ歪除夜に替へたる廁紙

木彫の十二支が新年飾として年毎に出る

伊勢よりの木の香削れる干支の酉

歌留多讀む妙なる聲をあげさげし

松取れぬうちの由々しき事態へと

蟬氷愛は片寄るものとして

寒鯉に鯉《り》素《そ》孕むかとしやがみたる

鯉素＝手紙のこと

雪間草火のつくやうに廣ごれり

御神渡うぶすな神がまづ渡る

雪卸し屋根の高さを忘じけり

雪融けて叓地ふてぶてしく叓地

嚙みつぶす茴香《フェンネル》の種猫の戀

爲書のさん江江戸の江みやこどり

かまど猫御蔵拾と七ツとふ

雲子の酢むせて返事を待たせけり

ひとたびはふたたび誘ふ遠雪崩

舊正の鬼餅《おにむうちい》は首里からの

紅型に色置く仔細春の月

雛段の天兒《あまがつ》不審かこつなり

惣《つつ》暗《くら》を出て蟄蟲の明き盲

角砂糖ピラミドに積み春の墓碑

酩《めい》酊《てい》にて「ルパン」の階の足朧

ＢＡＲ「ルパン」＝銀座最古の酒房

九州鹿児島開聞嶽

裾引きの開聞嶽を菜花逼《せ》む

ひこばえを木の妄想と見做しけり

いつまでも尾の取れぬ蝌蚪おとうとよ

枕銭朝寝の分を勢《はづ》みけり

强引に引き得ぬところ大干潟

龍天に登る氣概も察しやれ

永き日や無爲にも程のある卵

食べるだけ食べ蝶にならぬとは寂し

品田冋さんを悼む

催花雨や縮《くせ》髪《がみ》の尖《さき》あすは無し

石ぼたん指挿し入れし惨劇も

潤目一尾しがむ老い先亮然と

春の蚊や伊勢のうどんは黑いぞな

中陰や腐したる椿掃き寄せむ

結實に慌て剪定はじめけり

斷捨離ならず

斷舍利と洒落てひもじき春惜しむ

揉み賃のついて薇干しあがる

がうがうと新緑を割る流れあり

豆ごはん都合二合を三人で

搬入は裸婦五十號蟻の列

乾くとは饑きことよ吊忍

子供の頃から太く育ちすぎた胡瓜を煮て餡かけにして食す習慣あり

黄瓜煮て散人顔に啜るかな

喪帰りの鱚天ほろと崩れけり

鐵筋の錆び止め朱し雲の峰

土鳩の夏いけないものを見し目つき

蟷螂に生れて右利き左利き

團子蟲空見たことか動き出す

紫陽花に築地の塀のよりかかる

はまゆふや筋目を通す葭簀影

六月廿七日金原まさ子死去、一〇六歳。嘗て植田さえ子の名で「銀化」に投句、著書に『あら、もう一〇二歳』。自ら不良老女といふ　弐句

かはほりの不良束ねて「あら、もう夜明」

金魚玉ゐないゐないBARに吊る

鰻《う》ざく出ていつもは女連れなるに

暑しとは言はずただただ凌ぐとふ

入口は六波羅蜜寺蟬の穴

取り合うて父の預かる捕蟲網

夏帯や半生いくど聞かされし

湧くやうな水では困る孑孑湧く

鱧の皮ひちりきのひの言ひ難し

擬《まがひ》物《もの》商ふ夜店たたみけり

病葉や死に目に會へぬとふ豫感

七月三十一日午前六時廿四分　母逝く　九十三歳　七句

たまきはるいのちいままで曉の蟬

八朔を燒かるる日とし生まれ來し

ヒナさんの晝寢上手を皆が言ふ

晝寝ならば死後におやりよ存分に

聞きつけて弔電届く灼け單車

告別式も簡素

朝ぐもり人ひとり燒く煙混ぜ

夏果てや永久の訣れもこんなもの

秋空の出し入れ著き山上湖

林泉の寂しさをこそ澄む秋と

外つ國は行かねば遠し草の絮

地蟲鳴く螢光燈の壽命とふ

それぞれの曲線競ふ秋果なる

干柿の一列抜いて持たせくれ

有象押す鞍馬火まつり無象へと

名古屋鍛錬會／日間賀島 颱風裡（天氣囘復の詠み込み）

颱風に復路といふはなかりけり

回文に「ダリアもありだ」幸彦忌

わたなかにうをの通ひ路神無月

伊勢の海岐け對岸の冬の燈よ

京都／法然院谷崎潤一郎奥津城

石に彫る寂の一字やしぐれ寺

綿蟲の先鋒すぐに入れ替はる

川涸るる閒際のフォークダンスかな

めぐすりを使ひ冬虹洗ひけり

腸うるか箸をねぶりて仕舞とす

相伴にあづかるとはいへ闇夜汁

あたためておくれ纏足の先のはう

湯婆してささ極樂へ行くがよい

日向ぼこいのち伸びしと立ちあがる

雨意すでに雪意に通じゐるらしく

千枚の残る一枚漬ぬめる

殻中を狭し狭しと牡蠣太る

ばらばらと音するしぐれ聴き惚れぬ

雪女郎金《きん》子《す》用立て消ゆるなり

酸茎にも四の五のを言ひ買ひしぶる

年を越す難儀をすぐに忘れけり

かがなべて風邪のしこりに眠りたる

二〇一八年（平成三十年）

潟はるか雪に埋れぬもの戰ぐ

雪踏みの人に會釋を雪を踏む

寒中泳毛深き者の上がり來し

血統は血統厭ふ冬薔薇

手鞠唄狸食つたの食はないの

きさらぎの初日をうかと使ひけり

粏《めか》し込む一人遅れて探梅に

縄弛む寒養生の一區畫

種馬の逸る歩幅を制しつつ

中々に手強き絢《よ》麻《ま》よ凧《ハタ》を切る

絢麻＝ガラスの粉をつけて絢った凧絲

甲比丹渡る犬の遠吠えそこかしこ

甲比丹渡る＝春の季語

二ン月の磯の荒るるを弍階より

うしろ手に屋根替を見てさて何処へ

二月廿日　金子兜太逝く　參句

朧よりおぼろへ帰る狼《ぬくて》かな

一老が一狼と化し雪解野を

「おお」と應へて春の厠を出て來ざる

見咎めて世話やく男潮干狩

摘草の料理ほどなく出て來る

防風の鋸歯に居ならぶ水の玉

按摩機に揺らす骨柄萬愚節

稚魚さんを知る人もゐて初蝶來

蓬生を叢雨たたく容赦なく

芽苞はら落つる高さを考へず

春はあけぼの焼かるる前の卵二個

たくあんに頭と尻尾春炬燵

裔はみな雄々しき女系虚子忌なる

質種に少し難ある初鰹

ひやかしの客春宵の浴衣掛ヶ

藤棚の下海溝の冥さあり

初鰹食べしと言はぬ初《まだ》といふ

花桐をうたた寝に過ぐまた睡る

牽制に身を丸めたる夜の蜘蛛

春日傘工事人夫に尋ね寄る

月亭可朝逝く

おりからに馬鹿の鍍金を萬愚節

散髪のあとの立讀み立夏かな

湧水に雲の威崩れ去る随意《まにま》

爪先の爪の無様を立て晝寝

「やなぎ句會」五月席題　五月雨・更衣・燕の子・甚平

さみだれの中に突立つ杭一本

たもと糞あるも親しき更衣

兄事する石塊のありひきがへる

霑《ぬ》れたがる枇杷の實雨滴はじくなり

新緑の粗餐キリンの舌黝き

梅雨鯰急いては臥所濁らする

時の日の龍頭に嵌る黑瑪瑙《オニックス》

千曲なる水の流れに綠さす

死臭にて黴寄せつけぬ明器かな

かきつばた壮年《さかり》過ぎたること知らめ

金蚕の衝突のこと瑣事も瑣事

いつまでも泣いて暑さをつのらせる

昼寝より戻る途中の嚔聲かな

禿げてより旋毛はいづこ半夏雨

みどりごとは言はぬ蟬の生まれたて

黒々と血は乾きたるやませ吹く

七月六日麻原彰晃死刑執行／
前夜にはいつもより豪勢な食事が出ると仄聞する

星合ひの前夜の餐とばかり思ひ

雲取の雲の嵩言ふほととぎす

巣箱から覗く人間世界かな

桃流れゆく水迅しとも遅しとも

扇風機便箋弎枚連綿と

一門のばらばらになる驟雨かな

溽暑とは稲麻竹葦にぞ潜む

冷酒をば徳利に汗をかかせたる

すはだかに見るべきものをつけ遊ぶ

習ひごと習はず老いて吊忍

玉蟲の褪せもせぬ艷不憫とも
氣の逸る茄子の馬なり前のめり
先客のぬくき圓座を借りて來し

淵に垂る山百合の蘂訪うてやれ

坂本は比叡の麓一夜酒

蟲えらみ大き草履の脱いである

斷腸花ペンキは雨をはじくなり

月さへも表向きなる湯屋を置き

木賊刈る漢と見れば媼なり

言ひ止して残んの月を指しにけり

みだれ籠重ねて月の臥所《ふしど》とす

野分後の遅配に祝儀混じるなり

枯色に隠れ果《おほ》せし蟋蚸かな

曼珠沙華ほんに出たとこ勝負なる

爽快に音を消しあふ柿花火

後の月茶受けを包むものあらば

宿の子は裏手に遊ぶ雁の頃

熊楠と不折はよく肖る處ありて

書くといふ病《ヒ》長き夜ありがたし

よろよろと中立賣を葱下げて

添削の朱抹をひらく秋燈下

とんぶりや似非のそしりを一口に

活版の文字の手觸り秋渇き

西郷《せご》どんの足許の冷えつのる頃

くわりんの實拾つてくれろとふ落ちる

佛手柑虚空を抓むなら今ぞ

日表にいちやう裸木ある他は

雪ばんば馬柵《ませ》にぶつかりつつ越える

陽石の冬霾ひとふ何か妙

師走／京都鈴聲山眞如堂

菰巻を預かる幹のひとつ置き

向井家墓、爲去來翁參百拾五回忌修すの札

裔の繼ぐありがたき墓冬日差す

別れ急く黒谷しぐれとはなりぬ

京都から夕刻福井へ、中内亮玄、畑鰻戊と再會一獻

忘年の交はり恐龍王國に

越前町／梨子ヶ平

潮鳴りに育つ水仙なだれさす

渚男の句が邪魔水仙岬果つ

蟹三昧の宿「はまゆう」

蟹《かに》蛭《びる》の多寡に蟹選ることなかれ

甲羅酒口差し挟む仲居ゐて

拷問の〆雑炊を嬉嬉として
冬帝の失策をこそ望むもの
蕪《あ》れるほど冬の雨降る親し氣に

足袋裏は常に見らるるところとし

しもばしら廓の跡の賣れ残る

砂嘴さらに危ふく細るゆりかもめ

臘八や小鍋仕立ての昆布引いて

當座煑に箸さしわたし燗を待つ

莖石のつねなる裏に日の目見す

離《はなれ》湖《こ》の霙るるを見て旅納

荒筆もここまでくれば

年つまる命毛なくば棄てよとて

二〇一九年（平成三十一年／令和元年）

初明り末廣がりに生も死も

あらたまの玉に瑕瑾を許さざる

伸び代のしろ焼くまへの餅の白

無口この人寒芹の根を洗ふ

雪だるま車庫入れ下手な人嫌ひ

冷えるとて上がり框をあがんなせ

あがんなせ＝あがりなさいの新潟弁

凍鶴の脚に通ふといふ血とは

小正月毳立つ生《き》紙揃へけり

つき合ひのよく寒星の中帰る

「東京やなぎ句會」一月席題　萬兩・冬の川・晩冬　弎句

萬兩の一兩がとこ澪しけり

冬の川遠き汽笛が一度きり

餌臺は鳥拒むかに雪つもる

ことば少なに雨から霙別れけり

魔が差すごとく白鳥の翳るなり

フキノタウをふきぼぼと呼ぶ地方あり

このもかのもとふきぼぼの呱呱のこゑ

探梅や地境の杭かたぶける

もやもやを春の病のかたちとす

みづゆきの歸りは傘を忘れけり

倶《とも》に焚き春の音なす小枝・薪
さすらふは鶉居《じゅんきょ》の謂れさくらがひ
消息は息消すと書くあたたかし

一弛あり一張のなしあめふらし

長汀に曳きかぬる波望潮《しほまねき》

春窮や焦げ飯ごそと水に浮く

ほたるいかいかがととなりあふ客に

初蝶にひとひ選べぬ風當たり

平成を振り返れば

在位とふ長々き世の大霞

春昼のまたも人身事故の餘波

花季の箝口令を敷く病

釋尊は甘茶に濡るる日を待てる

花の闇いくすぢ魂は尾を引きて

相手なくルンバは踊る萬愚節

佛生會涅《くり》よりのぼる水《あ》泡《は》ひとつ

浴佛の血の引くやゥに乾きゆく

みはるかすはるのかすみはくはねども

傳書鳩より蜜蜂の信頼性

一目散羊丸刈済むを待ち

植田寒ム星光年の旅了る

蒔くでなく葬る種なり深く深く

擬木なら緑雨にむせぶこともなく

藤房のまはり九百五十ヘルツ虻

はしやぎたるあとのむなしさ蝌蚪に足

剪定の憂き目に遇はぬまでのこと

三橋鷹女に「かはほりは火星を逐はれ來しけもの」の句あり

火星まで行つて戻つて蚊喰鳥

室外機物議釀しつ明易し

橋本遊廓

かはほりや娼家に隣る湯屋の開く

かひないま振袖と化す蠅叩

鵜篝をいまし離るる火の粉大

泥舟に乗つてもみるか鵜匠の子

皆避けて昊るるを百足よきことに

ニューヨークのボロ市で購つた一九五〇年代の古着

ギャバジンのコート棄てむか黴の世の

手花火を了へたる膝のほきと鳴る

薔薇を掃く老女に静かなる怒り

臍を嚙む蛇に生まれて來しことに

蚊喰鳥どすんと暮るる音のする

柄大き踊り浴衣にをどらさる

今年は雨の過不足が所に因り甚だしく
水無月を忙しきことよ闇《くら》龗《おかみ》
闇龗=水をつかさどる神

六月拾五・拾六日九州筑後川・鰣漁《えつ》　參句

いちいちの歡聲鰣のかかるなり

鰣漁のけふは雲仙雲の中

泥臭を許さず鰣の背越膾《せごし》かな

京田邊乗願寺　四句

淨土谷とよもす噎夏の風邪

供花にならぬと額の花見捨てけり

ががんぼや堂守る僧のけふも留守

釋尊もまなぶた重し晝寝寺

罟《とりあみ》を立てかけてある晝寝どき

驢馬の玉莖《はせ》だらんと炎暑つながれて

かたつむり性の描寫に立ち止まる

嫉《そね》ましといふ手力蛇皮を剝ぐ

容易なる仕掛けに見えて蟻地獄

佐渡全國鍛練會／六月廿九日・參拾日　參句

朱鷺の名に勇氣やさくら梅雨籠り

梅雨を倦む巨き水甕伏せてあり

岩礁みな定位置を守り梅雨かもめ

押し出しの敗けとは悔しところてん

亂高下もはや蝶とも紙片とも

英雄《エロイカ》とふ香水汝の夜の凱旋に

塞き留めておけぬ桃の香流れ來る

早《わさ》瓜《うり》を供《くう》ずとて匣大仰な

見榮えせぬ變はり咲きとふ蕣《あさがほ》を

茄子の馬驅けねばならぬ彼の距離を

東京やなぎ句會（七月拾七日）六百回記念／ゲスト冨士眞奈美、吉行和子
席題　ウォーターシュート・風鈴・夏掛・蝸牛・やなぎ句會の現在

ウォーターシュート濡れねばそれもつまらなく

柳下にて弍匹古參の泥鰌跳ぬ

風鈴の長口舌を聞く夜かな

夏掛を廻はすかピザ生地を旋はすか

ででむしの慌てふためくさま見たし

七月廿壱日房總鴨川蓮田句碑拾周年　參句

小町田をほまち田と聞き稲初穂

蓮浄土すなはち蜻蛉浄土なる

丈を得て戰げる稗も風選み

なめくぢり出來損なひにこそ未來

泉邊の泥濘《ぬかるみ》をまた廣げたる

自らを知らぬ火蛾なり夜ごと來る

霍亂の恢復後とは見えずなり

東西屋ほどの暑苦しさ知らず

炎天に唾棄するごとくカラス語を

廣島忌
炎天はドームの骨をまだ舐る

八月拾九日　松山／鈍川溫泉　參句
艇庫までずぶ濡れの背や夏逝かす

やいとばな雨中湯歸りにほふかな

秋晝寝耳外《にぐわい》に待機する音も
八重葎風の道筋聞かうでは
ありの實に蝕甚のごと芯殘る

言ひ譯があまりに稚拙あきざくら

秋の夜の寝覺の床を削る水

千成りといへど瓢簞觸れあはず

荒《あばら》簾《すど》秋氣棲みつく以前より

散骨もいいかしろばなさるすべり

月下かな千の頭蓋を千僧會

瓦斯《ガス》細め沸點ずらす戶日かな

渡り鳥鐵路は宗谷岬まで

あんパンの空洞嘆く子規忌かな

蚤取りの首輪のこして逝きしとふ

枯れ兆すころの寧日續きとも

水澄んでオフィーリアの役買つて出る

雪隠と称せるころの末枯蟲

湧き繼いで一掃の空水の秋

散る柳塀のうちそと選みたる

泉涌寺秋さぶの砂利鳴かせ來る

遮斷機はあがり朝霧あがらざる

野菊化のすすむ媼の淡かりき

月光の二文字冷たく寄り合へる

たぎつ瀬のほか選べざる散紅葉

斷崖に斷ち切られたる秋思とぞ

枯れるより刈らるる方がよかりしか

累代はわれもて畢《を》はる冬ざくら

住職にのちぞひと仄聞《き》くはつごほり

奥行が夢にもありて冬日差す

凍鶴を裂帛の聲出かかりぬ

鐵砲は葱などよろし平和裡に

それまでのこととこれからのこと落葉して
凍瀧を見にゆく話頓挫せり
根のもののに宿る力をざふすいに

このわたや戀の手管を教はりぬ

炙るだけ炙れば焚火邪慳にす

蜜入りの林檎祕蜜入りの夫婦

北打に容《かんばせ》まどか磨崖佛

人生のヘアピンカーブ木の葉髪

過去帳に抹消の子か雪女

朋なくば敵もつくらず年つまる

大海鼠むかし竊鼠に曳かれしが

すがもりや定食の数ありつたけ

見ぬ閒にも雪のかせげる嵩少し

文中にアステリスクの風花す

谿閒《ヒ》の日暮を俟たず藥喰

山鯨俎替へて料るなり

湯婆蹴る力まだあつたではないか

まだ立つな冬のエンディングロールある

そのころのろくぶて碌に手も入れず

ろくぶて＝子供達の間でてぶくろを逆さに言ったもの

二〇二〇年（令和二年）

寸前で止めて手鞠を隠しけり

有事をも吹き均さむか七日粥

二〇二〇年一月廿一日函館で女兒誕生

初泣きのほどなく海を渡り來し

よしきたのふたつ返事や日脚伸ぶ

通過驛竹内まりや似のコート

おばしまに菱紋の鋲ゆりかもめ

川越吟行弐句　二月拾壹日

きささげの枯莢鳴らす風もなし

落椿しやがんで立つは難儀なり

閑雲を放ち梅にも仕舞ひある

時しもあれ落ちし椿のこちら向き

その雛眉はき忘れたるやうな

春筍のまふたつ階も密々と

こと醒めて投げ棄つも性若菜摘

鷹鳩と化すも和妻の種あかし
和妻＝日本式手品

囀れる舎利はここにはあらざると

梯子する足取り春星と別れ

靴下の片割れいづこ猫の戀

捨庇雨垂れ讀むを春の興

笊餘す京菜を水で押さへけり

臭水《くさうづ》を汲むはねつるべ春の雲

囀や食《じき》堂《だう》はまだ明けやらぬ

生まれ來て奇禍とも知らぬ蝶の白

ものぐさの根の蔓延《はびこ》りて春も逝く

春夕べ惑星間隔《プラネットディスタンス》を遵守

曇り賣りなら春先のたましひを

こんなにも泣けて葉山葵まだ所望

はやばやと手を洗ひ來る豆の飯

蓴舟引きあぐ力をみなにも
くちびるの觸れて苺の先とがる
ずんぐりが好したかむなも人間も

文音《いん》に一夜明けたるかたつむり
文音＝手紙で歌仙を巻くこと

接木せる外野うるさきすくわつと

蟻の穴陸續とアリ製造す

鉢外に垂れて鉢植ゑ苺みな

唐黍の抜きうちにあふまだ未熟

身を低く構へて金魚狙ふなり

ヘンリー・ミトワ映畫化

雲水はミトワと申す夏《げ》籠《ごもり》す

口數の多き入り婿溝浚へ

通念の通らぬところごきかぶり

蚊柱は手刀に切る情少し

藤豆は花どきの揺れ忘じをり

汗臭きより水くさき人が厭《いや》

後藤比奈夫先生逝去一〇三歳（六月五日）

もう一度お出ましのあれ露の世に

「未來圖」鍵和田秞子主宰逝去（六月拾壱日）

柚の花秞子の秞の字こころして

一八も濟んで田の緣ひび割れぬ

花椎やあと腐れなき遊びなんぞ

花かつを黴のいのちも入れ削る

肆《さら》しては蟇往還の花となる
波多野爽波に「金魚玉とり落としなば舗道の花」の句あり

近所まで來てゐる金魚えー金魚

屑金魚巨き過ぎるもはねられし

歪む世はほとほと見飽く金魚玉

番臺に座す妄想に端居せる

お菊蟲あす繩抜けをするらしき

お菊蟲＝ジャコウアゲハの蛹

物を置く卓置かぬ卓明易し

瀧音はガードレールを外れけり

ゐねぶりはよべのつかれやあふぎおつ

水球の胸板にこそ氣《け》壓《お》さるる

萬《よろづ》請《うけ》負《おひ》毛蟲燒く代行も

驚きを隱せぬ顔の日燒けせる

露座佛は灼けるだけ灼けお氣の毒

夜店にて聞く耳持たぬ子等の殖ゆ

お盆を前にして「幸水」が届く

もう出たか梨の礫と思ひしが

茄子の馬どこで追ひ抜いただらうか

踊の輪遅れまいとす遅れけり

流星の受け入れ先としてまづは

京都・深泥池《みぞろがいけ》

いねつるびつるみよこはまつなげたる

六畜にわけへだてなく月の晩

蟲の音や紫史を枕に寝てしまふ

紫史＝源氏物語のこと

火勢には加勢の膩さんま燒く

もろもろの所行吹かるる荻の聲

京都／祇園

「ざんぼあ」を出て割り勘に月涼し

ほしあひのけしつぶほどの地球にゐる

西瓜種なくば寂しき繪にならず

臍が茶を沸かす「へ」と「ち」の間《あひ》へちま

葛の花清く正しくなどまつぴら

やきいもをふたつ割りにす諾《うん》と言ふ

おほどかと言へど棘ある山歸來

牡蠣筏月が渡つてゆきにけり

ぶらさがることも修羅なら落ちよ柿

手際よく枯れよ今直ぐとは言はぬ

あとがき

今回の句輯のタイトル『橋』だが、どこにも〈橋〉を詠つた句は見當たらないはず。不意に浮かんだものだが、古希を過ぎ人生の〈過渡期〉といふイメージが、漠然と〈渡る〉、そして〈橋〉に繋がつたやうだ。どうしても、次なる地平を求めやうとすると、地續き、若しくは水の流れてゐない川だとしても、そこに架かる〈橋〉を渡らねばならない（氣がする）。現に、今まで砂漠に現れては忽然と消える［ワジ　Wadi］に架かる、存在自體無意味とも思へる〈橋〉を幾度か渡つた。無意味でも、水の流れてゐない〈橋〉を渡らねばならない、唯それだけ。ひとつだけ、こじつけやうがあるとすれば、私淑する橋閒石の名の〈橋〉は、「石」との閒に架かつてゐるし、氏の作品の中の〈柩出るとき風景に橋かかる〉の〈橋〉は、その時點では近未來のことでありながら、他者の葬列ではなく自己の葬列を眺めてゐるやうな不思議な安堵感に充ちてゐる。そして我々も生前に、そのうち渡る〈橋〉をしつかりと見て措かなければならぬやうだ。既に向かふ岸に渡つて來いと〈橋〉を架けられてから、もう三十年以上經つてしまつた。

今回は初めて書肆アルスの山口亞希子さんのお世話に、裝訂は何時もの間村俊一さんといふ勝手知つたるコンビ。期待する以上の仕上がりを確信してゐる。感謝。

中原道夫

令和四年二月

中原道夫（なかはら　みちお）

一九五一年　新潟縣西蒲原郡岩室村に生まる
七四年　多摩美術大學卒業
八二年　「沖」へ投句を始める
八四年　第十一回「沖」新人賞受賞、同人となる
九〇年　第一句輯『蕩兒』（富士見書房）により第十三回俳人協會新人賞受賞
九四年　第二句輯『顱頂』（角川書店）により第三十三回俳人協會賞受賞
九六年　第三句輯『アルデンテ』（ふらんす堂）
九八年　第四句輯『銀化』（花神社）／十月「銀化」創刊主宰
二〇〇〇年　第五句輯『歴草』（角川書店）
〇一年　第六句輯『中原道夫俳句日記』（ふらんす堂）
〇三年　第七句輯『不覺』（角川書店）
〇七年　第八句輯『巴芹』（ふらんす堂）
〇八年　セレクション俳人シリーズ『中原道夫集』（邑書林）
〇九年　第九句輯『緑廊《パーゴラ》』（角川學藝出版）／和英對譯句輯『蝶意』（邑書林）

一一年　第十句輯『天鼠』（沖積舍）
百句他解シリーズ2『比奈夫百句を読む。』後藤比奈夫×中原道夫（ふらんす堂）
一三年　第十一句輯『百卉』（角川文化振興財團）／『百句百話』（ふらんす堂）
一六年　第十二句輯『一夜劇』（ふらんす堂）
一九年　第十三句輯『彷徨（UROTSUKU）』（ふらんす堂）
現在　「新潟日報」俳句欄選者／日本文藝家協會會員／俳人協會名譽會員
住所　〒二六三-〇〇五一　千葉市稲毛區園生町一〇二二-一三

句集

橋 bridge

發　行――二〇二二年四月一日初版
著　者――中原道夫
發行者――山口亞希子
發行所――株式會社書肆アルス
https://shoshi-ars.com/
東京都中野區松が丘一-二七-五-三〇一
郵便番號一六五-〇〇二四
電話〇三-六六五九-八八五二
印刷所――株式會社厚德社
製本所――株式會社積信堂

萬が一、落丁・亂丁の場合は、發行所までお送りください。
送料發行所負擔でお取替へいたします。

ISBN978-4-907078-38-6 C0092
Printed in Japan